AF321280

AVIS SINCERES
A M. DE VOLTAIRE,

*AU SUJET DE LA SIXIE'ME EDITION
de son* Poëme *sur la Victoire de* Fontenoy.

POUR un bel Esprit, pour un Philosophe célébre, en vérité, Monsieur, vous raisonnez bien singuliérement dans la Préface qui est à la tête de la sixiéme Edition de votre Poëme sur la Bataille de Fontenoy. Vous avez composé cette Piéce, si l'on vous en croit, presque le même jour qu'on apprit à Paris notre Victoire ; & depuis vous avez ajouté plusieurs traits à la Piéce, *à mesure qu'on sçavoit quelque circonstance de ce grand évenement, & qu'on faisoit une nouvelle édition de l'Ouvrage :* C'est-à-dire, que vous avez fait votre Poëme *en un ou deux jours,* & que vous l'avez ensuite grossi de toutes les nouvelles vraies ou fausses que l'on vous disoit. Mais est-ce là ce qu'on appelle composer un Poëme ? N'est-ce pas travailler, comme on dit, au jour la journée ? Quoi ! Monsieur, vous traitez le Public avec si peu d'égards ? Vous osez sans façon lui faire part de tout ce qui vous passe par l'esprit, & de tout ce qui a pû surprendre votre crédulité, sauf à l'effacer le lendemain, & à qualifier vos ébauches successives, vos méprises, vos erreurs, vos traits imprudens, de 2e. de 3e. de 4e. de 5$_e$. édition ? C'est ainsi que vous avez voulu que vos fautes servissent à votre gloire, & que le Public se persuadât, à sa honte, que chacune de ces burlesques Editions avoit été glorieusement épuisée. Si vous aviez au moins

A

employé un mois à la compofition de votre Ouvrage, avant
que de le publier, votre Imprimeur en eût fait, fans doute,
une très-nombreufe édition, & il l'eût heureufement débi-
tée. Mais parce que chaque jour vous avez envoyé chez
lui corrections fur corrections, & qu'il les a fuivies fur fa
première & unique forme, fans peine ni frais, fouvent
avant la diftribution de cinquante exemplaires de la précé-
dente édition, vous vous en faites un droit d'impofer au
Public par la vaine énumération de plufieurs éditions fuc-
ceffives, tandis qu'il n'y en a qu'une feule recrêpie ou rape-
taffée? Eft-ce là, Monfieur, un manége digne de vous?
Avez-vous pû vous abaiffer ainfi à ces petites rufes, pardon-
ñables à peine à un Auteur fans réputation? Je ne le puis
croire, & je m'imagine plutôt que c'eft une baffe fuperche-
rie de votre Libraire, moins pour une vaine gloire, que pour
un gain fordide. Vous avez feulement eu la complaifance
de la tolérer; c'eft tout ce qu'on peut vous imputer, & c'eft
peu de chofe. On connoît votre défintéreffement, & l'on
fçait que vous avez toujours été fort éloigné d'ofer, à la
faveur de quelques légers changemens, vendre au Public
plufieurs fois la même chofe.

   ,, Il feroit bien étrange, (dites-vous, p. 7. de votre Pré-
,, face) qu'il eût été permis à Homère, à Virgile, au Taffe
,, de *décrire les bleffures* de mille Guerriers imaginaires, &
,, qu'il ne le fût pas de parler des Héros véritables qui vien-
,, nent de prodiguer leur fang. `` Ce ne font pas leurs il-
luftres noms qu'on vous reproche, Monfieur; mais la fé-
chereffe & l'ennui de votre Relation rimée. On vous reproche auffi le peu de choix dans ces noms, l'inexactitude de
la Lifte, la fadeur des éloges, la fauffeté de plufieurs faits;
&, fi vous voulez bien me permettre de vous le dire, l'in-
décence de quelques-unes de vos Notes, parmi lefquelles il
y en a d'injurieufes. (Vous avez eu la fageffe de les retran-
cher dans votre fixième Edition.) Voilà ce que le Public a
unanimement improuvé. Si vous aviez *décrit des bleffures*
comme Homère & Virgile, fi vous aviez peint comme eux le
Combat fanglant de Fontenoy, vous auriez paru un grand
Poëte : mais parce que vous n'avez fait que rimer des noms,
vous avez paru une efpèce de Gazetier. Pardonnez-moi le
terme.

Vous vous annoncez, Monſieur, dans la première édition de votre Poëme, pour *Hiſtoriographe de France*. Le bel échantillon que vous nous donnez de votre talent pour l'Hiſtoire ! Vous adoptez tout ce qu'on vous dit : vrai ou faux ; il n'importe. Vous altérez, vous eſtropiez tous les faits. Votre imagination échauffée eſt votre ſeul guide : vous croyez tout, & ne diſcutez rien. Il eſt vrai que votre CHARLES XII. nous avoit appris, il y a pluſieurs années, que c'étoit votre manière. Oh ! Monſieur, quelle grave autorité ſera la vôtre, lorſqu'on citera un jour le témoignage du moderne *Hiſtoriographe de France !*

,, L'attention ſcrupuleuſe, continuez-vous, qu'on a ap-
,, portée dans cette Edition, doit ſervir de garant de tous
,, les faits qui ſont énoncés dans le Poëme & dans les Re-
,, marques. `` Il reſte cependant un fait romaneſque & ridicule dans cette Edition *ſcrupuleuſe* : c'eſt votre Note ſur M. Danoi. Quoi ! à votre âge, on vous berce d'un conte de nourrice ! Ignorez-vous que tout le monde a ri de l'anecdote fabuleuſe de votre Remarque ?

Mais, quel Paradoxe avancez-vous, Monſieur, pour juſtifier la forme de votre Poëme ? ,, On n'a point cru, dites-
,, vous, devoir orner ce Poëme de *longues fictions*, ſur-tout
,, dans la première chaleur du Public, & dans un tems où
,, l'Europe n'étoit occupée que des détails intéreſſans de
,, cette Victoire importante, achetée par tant de ſang. `` Je vous le demande, Poëte illuſtre, qu'eſt-ce qu'un Poëme ſans fiction ? Vous faites entendre que pour plaire au Public, il n'a fallu que des *détails intéreſſans*. Eh ! de pareils détails verſifiés, ſans invention, ſans art, ſans génie, ſont-ils ſupportables ? Voyez le bel effet que vos détails ont produit. Votre Muſe a été le jouet des Nouvelliſtes, comme la girouette eſt le jouet des vents : ils ont en quelque ſorte préſidé à votre Ouvrage. Ce ſont eux proprement qui ont changé, tourné, retourné, refondu votre Poëme. Suivant leurs différens avis, vous y avez fait cent changemens : ce qui avoit paru le jour, vous l'avez effacé la nuit : *Deſtruit, ædificat, mutat quadrata rotundis.* C'eſt ainſi que votre Ouvrage a été d'abord, & a toujours continué d'être infecté de Nouvelles ſuſpectes. Je ſuis bien éloigné de condamner les *détails intéreſſans* : mais il faut traiter ces détails avec art

& avec esprit ; il faut éviter les méprises, les éloges insipides, les éloges outrés, les éloges injurieux & indécens. Enfin, ce sont ces *détails* où vous vous êtes trop arrêté, qui ont produit vos prétendues Editions ; parce que ces détails ont varié dans chacun des premiers jours qui ont suivi l'évenement.

Pour justifier vos cinq Epreuves, & les Curieux trop empressés qui s'en sont munis, vous nous faites entendre, Monsieur, que votre Poëme n'a pas dû d'abord être meilleur ; parce que vous avez été dans l'obligation de détailler les faits réels ou faux, les faits certains ou douteux, suivant les bruits de Paris, & de vous conformer aux *premiers mouvemens du zèle public.* ,, Ce n'est, dites-vous, qu'après ,, s'être attaché uniquement à louer ceux qui ont si bien ,, servi la Patrie dans ce grand jour, qu'on s'est permis ,, d'insérer dans le Poëme *un peu de ces fictions* qui affoi- ,, blissoient un tel sujet, si on eût voulu les prodiguer. `` Mais où est donc *ce peu de fictions* dans votre Ouvrage, même dans sa sixiéme Edition ? Il est vrai qu'elle est fort supérieure aux autres : il faut lui rendre cette justice ; il y a plus de justesse, plus de feu, & les Notes y sont épurées. Mais je n'y vois aucune *fiction* : par conséquent ce n'est pas encore un Poëme. Dans votre Piéce, on n'apperçoit pas même un plan. Ce sont des couleurs jettées comme par hazard, d'une main impétueuse & rapide.

Je sçais qu'il y a des *fictions* froides & usées ; ce ne sont pas de celles-là qu'on demande aujourd'hui. Vous avez beau rabaisser celles d'Homère & de Virgile dans votre Préface : cette Critique ne prouve que de l'impuissance. Semblable au Renard de la Fable, vous voudriez que personne n'eût d'imagination ; que les Poëmes Historiques, tels que la Henriade, fussent les vrais Poëmes, & que lorsque les faits sont récens, on se bornât à les décrire. C'est le principe des éloges que vous avez donnés à la Pharsale de Lucain, où vous semblez ne trouver à redire que la dureté du stile. Vous n'entendez pas mal vos intérêts, & je ne puis vous en blâmer.

Mais cela supposé, Monsieur, ne deviez-vous pas au moins attendre que la *Relation* fidéle, exacte, authentique, publiée par Monsieur Rémond, eût paru, ou au

(5)

moins lui en demander la communication avant qu'elle
fût publique. Il est certain que ‖personne n'étoit plus capable que vous de mettre cette *Relation* en beaux Vers
Alexandrins. Vous êtes sans contredit & sans flaterie le premier de nos Versificateurs, quand vous voulez bien vous
donner le tems & la peine de l'être.

Vous vous applaudissez, Monsieur, d'avoir fait connoître & distinguer les différens Corps qui ont combattu,
leurs armes, leur position, & l'endroit où ils ont attaqué;
d'avoir dit comment la Colonne Angloise a pénétré; d'avoir exprimé comment elle a été enfoncée par la Maison
du Roi, par les Carabiniers, la Gendarmerie, le Régiment de Normandie, &c. Et voilà ce qui n'est point du
tout peint dans votre Poëme. On ne voit point dans votre
Tableau la position de nos Troupes, & encore moins le
lieu & la manière dont on a combattu à Fontenoy. Y a-
t-il dans votre description la moindre Topographie.

Mais comment l'auriez-vous observée dans votre Poëme,
vous qui l'avez négligée dans la description de la Bataille
de Pultava, où le Lecteur voit des Troupes se battre,
sans voir le champ de Bataille, comme on vous l'a reproché ? Dans votre Poëme vous indiquez quelque chose
d'une partie des opérations ; mais indiquer ce n'est pas
peindre. Occupé de la liste de vos noms illustres, vous
n'avez pensé qu'aux Chefs, qu'à vos amis, & vous avez
presque oublié les Corps. A peine parlez-vous de nos
braves Irlandois. Je ne vois que les *Carabiniers* que vous
ayez caractérisés comme il faut dans votre sixième édition : encore les aviez-vous totalement oubliés dans les
premières. Ne pouviez - vous pas spécifier tous les autres
Corps de la même façon ? Que ne deviez - vous pas dire
sur les Irlandois, qui depuis qu'ils servent la France, François eux-mêmes en quelque sorte, se sont toujours distingués dans les combats ? Quelle gloire n'acquirent-ils pas
dans la grande guerre d'Espagne ? Ils sont en possession de
battre par tout les Anglois, excepté dans leur propre pays.
C'est leur destinée de venger, sous les bannières de la France, les maux affreux qu'éprouvent dans leur Patrie leurs
Familles tyranniquement opprimées.

Les plus grands éloges sont dûs assurément aux courageux Helvétiens. Mais font-ils bien placés dans votre Poëme ? Ce qu'il y a de très-*injudicieux*, vous leur donnez l'emploi de venger la mort du Chevalier DILLON, Colonel Irlandois ; DILLON, dont le nom est si célèbre dans les Fastes de LOUIS XIV. Est-ce que les Irlandois ont eu besoin des Suisses en cette occasion ? Qu'ils ont vendu cher aux Anglois cette vie précieuse !

Ce qui paroît encore moins sensé, est que vous faites entendre que Despreaux auroit dû faire comme vous, & n'employer aucune fiction en décrivant le passage du Rhin, parce que le fait étoit récent. Mais ses descriptions, ses images sont-elles affoiblies par la fiction naturelle & ingénieuse qu'il a employée ? C'est une Epître qui commence & finit sur le ton épistolaire, & dans laquelle il sçait habilement enchasser la peinture admirable du fameux passage du Rhin par les troupes Françoises commandées par LOUIS XIV. C'est au Roi que le Poëte adresse sa description, par une Epître, où, sans oser le dire d'un ton familier, il lui fait sentir assez qu'il est son *Admirateur* (a) ainsi que toute l'Europe.

Quelques-uns de nos beaux Esprits modernes prétendent que ces deux tons jurent : en quoi ils se trompent. Horace n'a-t-il pas réuni les deux tons, le grand, le sérieux, avec le familier, le badin ? Voyez l'Epître à AUGUSTE : *Cùm tot sustineas*, &c. Les premiers vers de cette admirable Epître ne sont-ils pas héroïques & très-harmonieux ? Cependant il quitte ce ton dans la suite, parce qu'aucune raison, tirée de la nature, ne l'oblige à être toujours sérieux dans une Epître ; qu'au contraire même le mélange est très-agréable. Y a-t-il quelqu'un que cela ait choqué jusqu'ici dans l'Epître de Despreaux, & vous convenoit-il, Monsieur, de paroître vous imaginer avoir mieux réussi ? Il vous est cependant permis de vous admirer.

Au reste, lorsque j'ai dit que la fiction étoit nécessaire dans un Poëme, & en est l'ame & l'essence, je n'ai pas prétendu qu'il fût nécessaire d'introduire des Divinités Poëtiques, comme a fait Despreaux. J'appelle fiction toutes les

---

(a) M. de V. finit son Epître au Roi, en Prose, qui est à la tête de sa sixiéme Edition par ces paroles : „ Daignez, SIRE, ajouter à la „ bonté que V. M. a eue de permettre cet hommage, celle d'agréer „ les profonds respects d'un de vos moindres Sujets, & du plus zélé „ de vos Admirateurs, VOLTAIRE.

idées grandes, vives, hardies, que l'imagination enfante ;
les nobles figures, les traits de génie. Tel eſt le Poëme ſur
les Conquêtes de LOUIS XIV. traduit du Latin du
Père de la Rue, par Pierre Corneille. Quelle ſublimité,
quelles images ! Ce ſont, de tems en tems, de gros vers :
mais que les autres ſont beaux ! Que de magnificence dans
les portraits de nos Guerriers ! Je ne citerai que l'endroit où
ce grand Poëte peint le paſſage du Rhin. La deſcription de
Deſpreaux eſt moins vive & moins ſublime, quoique les
vers en ſoient plus purs & mieux tournés.

> Le jour à peine luit, que le Rhin ſe rencontre :
> Tholus frappe les yeux, le Fort de Skeink ſe montre ;
> On s'apprête au paſſage ; on dreſſe les Pontons ;
> Vers la rive oppoſée on pointe les Canons.
> La frayeur que répand cette troupe guerrière,
> Prend les devans ſur elle & paſſe la première.
> Le Tumulte à ſa ſuite & la Confuſion
> Entraînent le Déſordre & la Diviſion.
> La Diſcorde effarée à ces monſtres préſide,
> S'empare au Fort de Skeink des cœurs qu'elle intimide,
> Et d'un ton enroué fait ſonner en ces lieux,
> La fureur des François & le courroux des Cieux ;
> Leur étale des fers, & la mort préparée,
> Et des Autels briſés la vengeance aſſurée.
> La vague au pied des murs à peine oſe frapper,
> Que le fleuve allarmé ne ſçait où s'échapper ;
> Sur le point de ſe fendre, il ſe retient, & doute
> Ou du Rhin ou du Waal s'il doit prendre la route.

Enſuite Corneille (ou plutôt le Pere de la Rue) fait ſortir
des Enfers les ombres de tous les Héros qui ont eu affaire
aux Germains : Druſus, Varus, Germanicus. D'autres fameux Capitaines modernes viennent auſſi pour être témoins
de l'audace courageuſe des François, tels que Jean d'Autri-
che, le Duc d'Albe, Farneſe, Naſſau.

> Ils reprennent leur part au jour qui nous éclaire,
> Pour voir faire à mon Roi ce qu'eux tous n'ont pû faire,
> Eux-mêmes s'en convaincre, & d'un regard jaloux
> Admirer un Héros qui les efface tous.

Voilà de la fiction, Monſieur, ſans l'intervention d'aucune Divinité. Le ſujet en eſt-il affoibli ?

Vous avez aſſez bien juſtifié votre expreſſion, *Maiſon du Roi, marchez*, qui avoit été mal reçue. Tout ce qui bleſſe d'abord ne vient ſouvent que de la ſurpriſe & non de la raiſon. On n'avoit pas encore vû *Maiſon du Roi* en vers; voilà le fondement de la Critique. Cependant le Grand Corneille n'a pas fait difficulté de s'exprimer comme vous, dans ce même Poëme ſur les Conquêtes du Roi.

> De la *Maiſon du Roi* l'Eſcadre ambitieuſe
> Fend, après tant de Chefs, la vague impétueuſe.

Il eſt vrai que l'*Eſcadre ambitieuſe* reléve bien la *Maiſon du Roi*, qui, fendant les flots comme une Armée Navale, eſt appellée *Eſcadre* plutôt qu'*Eſcadron*.

> Le gué manque, & leurs pieds ſemblent à pas perdus
> Chercher encor le fond qu'ils ne retrouvent plus.

Vous voyez, Monſieur, que Corneille peint le Combat autrement que vous. Il imagine, il invente, il crée. Il nomme comme vous, un grand nombre de Guerriers; mais dans quels beaux vers leurs noms ſe trouvent noblement placés!

> Je te vois, Longueville, étendu ſur la poudre:
> Avec toi tout l'éclat de tes premiers exploits,
> Laiſſe périr le nom & le ſang des Dunois;
> Et ces dignes Ayeux qui te voyoient les ſuivre,
> Perdent & la douceur & l'eſpoir de revivre.
> Condé va te venger, Condé, dont les regards
> Portent toute Nortlingue & Lens au Champ de Mars,
> &c.

Le Poëte s'adreſſe à ce même Prince.

> .... Arrêtez, Héros, où courez-vous?
> Hazarder votre ſang, c'eſt les expoſer tous;
> C'eſt hazarder Enguien, votre unique eſpérance,
> Enguien, qui ſur vos pas, à pas égaux s'avance.

Je ſçais, Monſieur, que voſtre liſte verſifiée eſt quelquefois ornée de réfléxions aimables, telles que celles-ci, que Corneille, ni Deſpreaux n'euſſent pas employée.

> Monaco perd ſon ſang, & l'Amour en ſoupire.

Un jeune Officier bleſſé, auprès duquel l'Amour ſoupire! C'eſt la première fois qu'on a vû l'Amour dans un Combat ſanglant. Les Peintres, qui ont le privilége de tout oſer,

ainſi

ainſi que les Poëtes, ne ſe ſont point encore aviſés de pla-
cer dans la mêlée ce petit Dieu, quoiqu'armé de fléches,
quoique plus cruel qu'un Grenadier Autrichien. Mais le
peindre *ſoupirant* au milieu d'une Bataille, eſt bien pis.
Qu'eût-on dit de le Brun, ſi dans ſon Tableau du paſſage
du Rhin, il eût peint l'Amour *ſoupirant* à côté du beau
Comte de S. Pol, Prince de Longueville, Duc d'Eſtoute-
ville, qui périt dans ce paſſage à l'âge de 25. ans ? N'eût-on
pas ſifflé le Prince des Peintres François, s'il eût eu cette ridicule idée ?

Je conviens encore avec vous, Monſieur, qu'il s'agiſſoit
de repréſenter la Bataille de Fontenoy, & non celle de Tol-
biac, & que vous n'êtes pas tombé dans le ridicule défaut
de ceux qui, après vous, ont publié des vers ſur notre der-
nière Victoire. Preſque tous leurs traits ſont généraux, &
la plûpart s'adapteront éternellement à tous les combats,
où l'honneur de la Victoire ſera rapporté à un Grand Mo-
narque préſent à la Bataille & commandant ſes Troupes
victorieuſes. J'aime encore mieux votre Gazette cadencée,
& ſemée de quelques vers heureux, que la froideur de leurs
peintures générales, & que toutes leurs idées vagues.

La ſixiéme Edition de votre Poëme, Monſieur, prête
moins à la Critique que les précédentes : il en faut conve-
nir. Il y reſte néanmoins pluſieurs vers à cenſurer, & qui ne
ſont pas dignes de vous. Regardez-vous, par exemple, le
premier vers de votre Poëme comme un bon vers ?

> Quoi ! du ſiécle paſſé le fameux Satyrique.

Ce *ſiécle paſſé* eſt bien plat ; *le fameux Satyrique* eſt une
expreſſion bien proſaïque, bien triviale. D'ailleurs ce n'eſt
pas dans une Satyre que Deſpreaux a célébré le paſſage du
Rhin. C'eſt donc improprement & mal-à-propos que Deſpreaux eſt ici déſigné ſous le nom de *Satyrique*. J'aimerois
mieux avoir ainſi commencé :

> Du Parnaſſe François la Muſe véridique
> Aura fait retentir la Trompette héroïque ?

Voilà un langage détourné & plus noble que le vôtre,
par conſéquent plus poëtique. L'expreſſion de *Muſe véridi-
que*, repréſente parfaitement le Grand Deſpreaux, qui eſt
peut-être le ſeul Poëte François qui ait toujours dit la vérité.

B

Presque tous les autres Poëtes font des menteurs, de fades adulateurs, de faux dogmatistes, des corrupteurs de la faine morale. Du reste, ce début de votre Poëme, Monsieur, me paroît d'une grande beauté, jusqu'à ce vers: *Déja de la tranchée Harcourt est accouru.* Dans *Harcourt*, suivant la règle, l'*H* est aspirée, au moins par tous les Gens de Lettres, comme dans Hollande, quoiqu'on dise vulgairement (grace aux Lingères, felon M. l'Abbé d'Olivet) *de la toile d'Hollande.* Le Peuple dit aussi *de l'eau de la Reine d'Hongrie*, comme si l'on disoit *l'Hongrie*, & non pas *la Hongrie*. Ceux qui parlent bien, appellent toujours une grande Reine, la *Reine de Hongrie*, & non pas *la Reine d'Hongrie*. Il y a ici une fort mauvaise rime, *accouru, prévu.* Est-ce ainsi que riment Corneille, Racine, Despreaux, Roufseau ?

Ce vers, *Demandent que l'Aurore & le péril commence*, est une faute impardonnable chez tous les Grammairiens. S'il y avoit *le combat & le péril commence*, ce n'en seroit pas une, suivant les régles de Vaugelas & de Bouhours, à cause de l'affinité des deux substantifs. Mais il n'y en a aucune entre l'*Aurore* & le *péril*. Il faut, Monsieur, tout grand Maître que vous êtes, obéïr au précepte de Despreaux : *Que la langue en vos vers soit toujours révérée, &c.*

Les vers nouveaux que vous avez ajoutés dans la sixiéme Edition, & qui commencent par ces mots : *LOUIS avec le jour voit briller dans les airs, &c.* font admirables. Je vois avec plaisir que vous faites briller en cet endroit une petite étincelle d'imagination.

> Des Montagnes, des Bois, des Fleuves d'alentour,
> Tous les Dieux allarmés fortent de leur féjour :
> La Fortune s'enfuit, & voit avec colère
> Que fans elle aujourd'hui la valeur va tout faire.
> Le brave Cumberland, fier d'attaquer LOUIS,
> A déja difpofé fes Bataillons hardis.
> Tels ne parurent point aux rives du Scamandre,
> Sous ces murs fi vantés que Pyrrhus mit en cendre,
> Ces antiques Héros, qui montés fur un Char,
> Combattroient en défordre, & marchoient au hazard :
> Mais tel fut Scipion fous les murs de Carthage,
> Tels fon rival & lui, prudens avec courage,
> Déployant de leur art les terribles fecrets,
> L'un vers l'autre avancés s'admiroient de plus près.

Vous avez laiſſé dans ce qui ſuit une penſée fauſſe, ſi je ne me trompe.

BOURBONS, voici le tems de *venger* les VALOIS.

Les Anglois battus de tous côtés ſous Charles VII. & chaſſés enfin de tout le Royaume, eſt-ce une fable ? Depuis ce tems-là qu'ont fait les Anglois contre les Rois de cette Branche ? Rappellez-vous, Monſieur, l'Hiſtoire de France, que vous ſçavez auſſi-bien que perſonne. Vous verrez que le ſang François verſé par les Anglois ſous Philippe de Valois, Jean, Charles V. Charles VI. a été parfaitement expié par les Exploits de Charles le Victorieux, & qu'aucun ni de ſes deſcendans, ni des autres Princes de ſa Branche n'a reçu dans la ſuite aucun échec de la part des Anglois, de ſorte qu'ils euſſent beſoin d'un *Vengeur*, & qu'ils le cherchaſſent dans les Bourbons. De plus, ſuppoſé que les Valois n'euſſent pas été ſuffiſamment *vengés* par les Valois mêmes; les François, depuis que la Branche de Bourbon eſt ſur le Trône, n'ont-ils pas pluſieurs fois battu les Anglois, ſous LOUIS XIV. par terre & par mer, en Flandres & en Eſpagne ? Ne furent-ils pas hachés & exterminés en Eſpagne dans les célèbres Batailles de Villavicioſa & d'Almanza, où le brave d'*Asfeld* depuis Maréchal de France, & le Comte d'*Avarey* acquirent tant de gloire, & où les Irlandois combattirent avec tant de valeur ? Ces mots, *voici le tems*, font cependant entendre que la *vengeance* avoit été différée juſqu'à ce tems-ci.

Au ſujet de la mort du Duc de Grammont, victime de la vivacité du Canon Anglois, vous dites ce que vous ne deviez point dire. Au lieu de faire ſentir que cette mort au champ d'honneur valoit pour ſa gloire *le Sceptre des Guerriers*, auquel il touchoit, & qui étoit ſans doute deſtiné à ſon grand courage, vous vous aviſez de lui conſacrer ces vers, qui en vérité choquent le bon ſens.

> De quoi lui ſerviront ces grands titres de gloire,
> Ce *Sceptre* des Guerriers, honneur de ſa mémoire,
> Ce rang, ces dignités, vanités des Héros,
> Que la mort avec eux précipite *aux tombeaux ?*

Ces quatre vers ſuppoſent très-clairement qu'il a eu en effet ce *Sceptre des Guerriers*, & que le Roi le lui a mis à la main avant de mourir; ce qui n'eſt pas vrai, & ce que vous

B ij

ne deviez pas hazarder. Lorſque vous avez été détrompé, vous avez voulu conſerver votre penſée, aſſez commune, & la tirade qui en dépend. On la voit encore tenir ſon rang dans votre ſixiéme Edition, avec ce mauvais correctif en Note : *il alloit être Maréchal de France.* Le R. P. Louis de Picquigny, célèbre Capucin, qui en 1711. prononça l'Oraiſon Funébre du premier Dauphin, laquelle fut alors imprimée, y employa des traits ſinguliers qui apprêtèrent à rire à tout le Royaume. Cependant il ne s'aviſa pas de dire, *de quoi ſervira au Dauphin la Couronne de France & de Navarre ?* Dans une Note néanmoins il eût pû s'expliquer comme vous, en diſant : *Le Dauphin alloit être Roi après la mort de ſon Père.* Mais cette Note n'eût ſervi qu'à rendre ſa penſée plus ridicule encore. Vous dites plus ; vous appellez un *Sceptre,* que ce Duc n'a point porté, *l'honneur de ſa mémoire.* D'ailleurs cette expreſſion, *précipite aux tombeaux* eſt mauvaiſe. On ne dit point que la mort nous *précipite aux tombeaux,* mais *au tombeau.*

Voici en récompenſe une addition très-belle, p. 19. Elle forme une image.

> Tels que des champs de l'air tombent précipités
> Des oiſeaux *tous ſanglans, palpitans* ſur la terre ....

Tous ſanglans, palpitans, eſt cependant ſur le ton enroué de Chapelain. J'aime mieux ces autres vers :

> Je te rends grace, ô Mars, Dieu de ſang, Dieu cruel ;
> La race de Colbert, ce Miniſtre immortel,
> Echape, en ce carnage, à ta main ſanguinaire.

Cette race guerrière a été en effet plus heureuſe dans cette action qu'elle n'a coutume de l'être dans les combats, où pluſieurs fils du grand Colbert ont perdu la vie. On ſçait que le Marquis de Blainville fut tué à la veille d'être Maréchal de France. Ces vers rappellent en même-tems les heureux travaux du Miniſtre leur père, à qui la France doit aujourd'hui le principe de ſon abondance & de ſes forces.

> Combien de jours brillans éclipſés à l'Aurore !

Des *jours éclipſés !* dans quel ſens cela peut-il s'entendre : Les jours ſont-ils figurément des aſtres qui *s'éclipſent ?* Ce n'eſt pas là écrire.

L'endroit qui concerne les périls glorieux du ROI &
de Monseigneur le DAUPHIN, est touchant ; mais il eût
pû être plus poëtique, si le ROI eût été peint comme un autre Enée, ayant son fils Ascagne à côté de lui. Oh ! qu'Ascagne est mieux dans Virgile !

> La molle volupté, le luxe de nos villes,
> *Filent* ces jours sereins, ces jours . . . .

Cette idée semble plus poëtique qu'elle ne l'est en effet. Des
jours *filés* par la *volupté* & par le *luxe*, n'ont aucun sens.
Ce sont les Parques qui *filent* nos jours dans le sistême my-
thologique, & non la *volupté* & le *luxe*, qui servent seule-
ment à en rendre le fil agréable. Quel précieux diroit: La
solitude me *file de tristes jours ?* Il faut que les termes figurés
soient justes & conformes aux idées reçûes.

On est content de vos nouveaux vers sur les Carabiniers
& les Grenadiers à cheval, que vous aviez si mal célébrés
dans vos premières éditions.

> Paroissez, vieux Soldats, dont les bras éprouvez
> Lancent de loin la mort que de près vous bravez.
> Venez, vaillante élite, honneur de nos Armées ;
> Partez, fléches de feux, grenades enflammées ;
> Phalanges de LOUIS, écrasez sous vos coups
> Des Combattans si fiers, & si dignes de vous.

Voilà de la vraie poësie. On rend justice aussi à l'idée
noble & heureuse que vous donnez de nos Dragons.

> Bien-tôt vole après eux ce Corps fier & rapide,
> Qui semblable au Dragon qu'il eut jadis pour guide,
> Toujours prêt, toujours prompt, de pied ferme, en courant,
> Donne de deux Combats le spectacle effrayant.

Il y a encore ici des changemens & des additions qui
doivent être goûtés de tout le monde : par exemple, sur la
Gendarmerie, ce premier Corps de la Cavalerie Françoise,
azyle de la Noble & indigente bravoure, Corps célébre
dans les anciennes Guerres, & qui dans le dernier Combat
a acquis beaucoup de gloire.

> Ce brillant Escadron, fameux par cent Batailles,
> Lui par qui Catinat fut Vainqueur à Marsailles,
> Arrive, voit, combat, & soutient son grand nom.

Et ces deux vers :

> Anglois, fur Dugueſclin deux fois tombent vos coups :
> Frémiſſez à ce nom ſi funeſte pour vous.

Cela rappelle à l'eſprit les exploits du fameux Connétable de ce nom : il y auroit eu plus de juſteſſe, ſi le dernier vers eût pû être appliqué au Connétable Olivier de Cliſſon, appellé *le bourreau des Anglois.*

> Leur génie eſt dompté, l'Anglois eſt abatu,
> Et la *férocité* le céde à la vertu.

„ Ce reproche de *férocité*, dites-vous, ne tombe que ſur „ le Soldat, & non ſur les Officiers, qui ſont auſſi *généreux* „ que les nôtres. " Mais, afin que tout ſoit égal, dites donc auſſi que le Soldat François n'eſt pas moins *féroce* que le Soldat Anglois. La *férocité* me paroît une louange pour un Soldat.

> C'en eſt fait, & l'Anglois *craint* LOUIS & *la mort.*

Craindre ainſi *la mort*, ne ſent guères ni l'Officier *généreux*, ni le Soldat *féroce.*

Mais c'eſt aſſez vous entretenir de votre Poëme. Je crains de vous avoir ennuyé : en ce cas, je vous prie de me le pardonner, au nom de votre *Princeſſe de Navarre.* Daignez vous mettre un moment à la place de tant de perſonnes illuſtres qui l'ont entendue, & de tant d'honnêtes gens qui ont eu la curioſité de la lire. Je me mets ſouvent à la vôtre, en admirant tous vos Ecrits.

Je finirai par un *Avis* ſur une choſe qui vous a paru indifférente, & qui ne l'eſt pas ; c'eſt le titre de votre Ouvrage. Comme ce n'eſt point du tout un *Poëme*, mais un *Diſcours* ſur la Bataille de Fontenoy, vous deviez conſéquemment l'intituler *Diſcours.* Peut-être que ſous ce titre il eût moins choqué : on vous eût accordé vos diſpenſes pour la fiction. Permettez-moi d'ajouter que ce qui a encore indiſpoſé le Public, ce ſont vos rapides éditions. Vous ne deviez point expoſer ainſi au grand jour des tentatives informes. Dès que l'on vous eut fait appercevoir de vos fautes, il falloit au moins ſuſpendre la vente de vos vers, juſqu'à ce que vous euſſiez eu le tems de les corriger, en vous gardant de changer le mauvais en pire, comme vous avez fait dans quelques-unes de ces Editions ſimulées, qui n'étoient que des *remani-*

mens, en termes d'Imprimerie. Par ces ſages précautions, vous ne vous ſeriez point attiré la Satyre maligne du ſieur *Rabot* Maître d'Ecole.

Eſt-il poſſible, Monſieur, qu'un Poëte illuſtre, qui fait tant d'honneur à ſon ſiécle & à ſa Patrie, ſe rende ainſi par ſa précipitation imprudente, & par une ſoif immodérée de la louange, l'objet des railleries publiques ? Le pis eſt qu'elles ſont goûtées du Public. Vous poſſédez les bonnes graces de la Cour, vous avez des amis du premier ordre & du plus grand crédit. Tout cela n'impoſe point aux perſonnes judi-cieuſes & éclairées, qu'un brillant vernis de réputation & de faveur ne ſçauroit éblouir. Plus vous avez de mérite & de talent, plus vous êtes expoſé à la Critique. Pourquoi, Mon-ſieur, lui donnez-vous priſe, comme de gaieté de cœur ? Vous qui êtes ſi rigoureux ſur les Ecrits des autres, que n'a-vez-vous pour vous la même ſévérité, le même diſcerne-ment ? Quelle figure ferez-vous un jour dans le *Temple du goût*, s'il eſt un jour rebâti d'une autre main que de la vôtre ? Je m'imagine que quelque Abbé Goujet dira de vous dans une continuation du Dictionnaire de Moreri : *Ce Poëte ſe diſtingua plus par l'harmonie de ſes vers, que par la juſteſſe de ſes penſées : il eut plus d'eſprit que de goût ; il eut aſſez d'ima-gination dans les petits détails ; mais il en eut peu dans la conſ-truction des plans. Le jugement conduiſit rarement ſa plume. Il ne ſe hâta pas aſſez lentement dans ſes productions, &c.*

Pour vous faire ſentir ici, Monſieur, que la précipitation dans les Ouvrages d'eſprit, n'enfante jamais que du mau-vais ou du médiocre, ayez la bonté, s'il vous plaît, de faire réfléxion que ni le P. de la Rue, ou ſon Traducteur le Grand Corneille, ni le fameux Deſpreaux, que vous vous efforcez mal à propos de rabaiſſer, ne s'aviſèrent pas de célébrer à la hâte les Victoires de LOUIS XIV. que pour le faire digne-ment, ils prirent le tems néceſſaire ; qu'ils auroient crû man-quer de reſpect à ce grand Prince, s'ils avoient publié à ſa louange des vers *pris à la pipée*, des vers faits avec la hache & la ſerpe, ſans y avoir employé le rabot & la lime, des vers également indignes d'eux, & du Conquérant qu'ils vou-loient immortaliſer.

Je ſçais, Monſieur, que ceux qui ont travaillé après vous depuis plus d'un mois, & qui ont eu le tems de mieux faire, ne vous ont pas même égalé. Cela prouve la supériorité de votre talent, & la malheureuse foiblesse du leur, mais ne vous justifie pas. Cela prouve encore, que si l'on vous excepte, nous n'avons aujourd'hui que des Poëtes peu dignes de ce nom, sans principes & sans génie; & que s'il y en a quelques-uns qui par le travail pourroient s'élever jusqu'à vous, le peu de goût que l'on a dans ce siécle pour la vraie Poësie, les désagrémens attachés à cet Art, l'indigence qui en est presque toujours le partage (tandis que tous les autres Arts, & les plus vils font subsister ceux même qui les cultivent médiocrement) les empêchent de se livrer à un talent divin, qui a jusqu'ici fait tant d'honneur à notre Nation & à notre langue.

Sint Mecœnates : non deerunt, Flacce, Marones.

Mecènes, paroissez : nous aurons des Voltaires.

Nous aurons aussi des Vertots, des Fleuris, des Bossuets, des Fénelons, de la Bruyeres, des Rollins, des Sçavans & des beaux Esprits en tout genre, capables de servir la Religion & l'Etat, qui en ont grand besoin.

Vous avez souvent attrapé le goût de Virgile, dans le style élégant & harmonieux de vos vers héroïques. Dans vos vers épistolaires, vous êtes délicat, simple & naturel, comme Horace. Il ne vous manque, Monsieur, que d'être aussi judicieux que ces deux grands Poëtes. Vous êtes si Philosophe quelquefois. Mais qu'est-ce que le plus grand génie dépourvû de conseil? Il est clair que vous n'en avez point, ou que si vous en avez, vous ne devez pas vous y fier. Je ne suis pas digne d'être consulté par un homme tel que vous; mais si je méritois cet honneur, vous recevriez toujours des *Avis sincères*, tels que ceux-ci.

F I N.